LiK 6947

RECIT VERITABLE
DV MIRACLE
ARRIVE' EN L'EGLISE
de Paris, le 9. iour de May 1631.

En la personne de Marie Brunet femme de
Iacques Raisin maistre Brodeur à Paris.

Confirmé par les Enquestes & Informations
faictes sur iceluy.

Auec le Decret d'approbation de Monseigneur
l'Illustrissime Archeuesque de Paris.

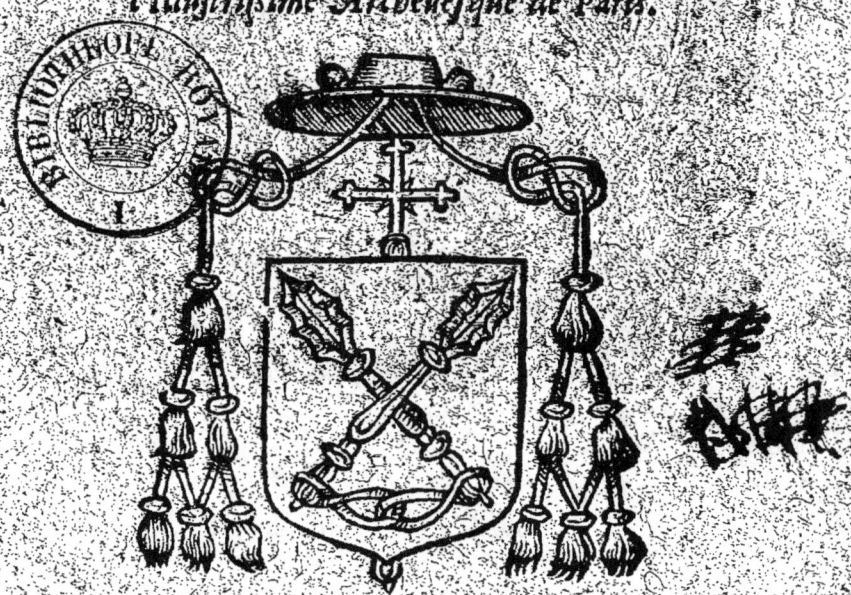

A PARIS,
De l'Imprimerie de FRANÇOIS IVLLIOT,
ruë Sainct Victor, au Soleil d'or.

Auec permission.

RECIT VERITABLE
du Miracle arriué en l'Eglise de Paris, le 9. iour de May 1631.

EN toute l'estenduë de ce grand Vniuers, il n'y a rien qui ne publie en son langage la grandeur infinie & l'adorable Majesté du Createur. Tout autant qu'il y a de creatures, sont autant de trompettes qui font retentir sa puissance, laquelle n'a point d'autres bornes que son vouloir, & son vouloir point d'autre but apres sa gloire, que le bonheur des creatures qu'il a destiné pour en estre participantes. Or comme entre les œuures de sa toute-puissance celles qui roulent dans le train & dans l'ordre de la nature, comme ordinaires & iournalieres, ne sont point admirées par les hommes, encor qu'elles

soient toutes rauissantes & dignes d'admiration, d'autant que la coustume de les
voir trop souuent les met comme au rabais, & semble leur oster la valeur & le
prix. Voila pourquoy cette diuine Prouidence dans les thresors du pouuoir infiny qu'il fait paroistre en la conduite de
ce monde, comme il a fait en sa creation,
a reserué quelques effects rares & non
communs, qui surpassans le cours & les
forces de la nature, sont appellez Miracles, & admirez de tous, non pour estre
plus excellens & releuez en leur substance, ny quant à Dieu plus difficiles, ains
seulement pour estre moins communs &
familiers : condition qui semble estre requise pour esmouuoir & prouoquer l'entendement humain à l'admiration. Car
les euenemens ne sont point admirez,
s'ils ne sont merueilleux : Or ils ne peuuent estre tels, s'ils ne sont extraordinaires : d'où nous voyons que les hommes
n'admirent point les mouuemens si reguliers des corps celestes, les reuolutions
des astres constantes & reglées parmy
leur inconstance, les changemens & alterations continuelles dans le corps de la

Lune, les differentes viciſſitudes des ſai-
ſons de l'année, & vne infinité d'autres
merueilles, qui ſe preſentent à nos yeux
ſur le theatre de la nature. Mais au con-
traire, s'il arriue que par la diſpoſition des
cauſes naturelles, regies & gouuernées
par l'eternelle prouidence, ou bien par le
commandement & pouuoir abſolut de
celuy qui conduit les contrepoids & les
reſſorts de ce grād horloge, quelque par-
tie vienne à ſe détraquer du mouuement
qui luy eſt ordinaire, voila tout auſſi toſt
les eſprits & les yeux rauis en admiratió,
cōme n'eſtans accouſtumez de voir ſem-
blables euenemens, qu'à cauſe de leur ra-
reté on appelle Miracles, & ne ſont autres choſes que des œuures ſurnaturelles
rares & ſingulieres, leſquelles ne ſçau-
roient eſtre produictes que par la main
toute-puiſſante de ce grand Dieu, auquel
toutes les creatures obeiſſent par la puiſſance qui eſt en elles, appellée des Theo-
logiens obedientielle, comme qui diroit
la puiſſance d'obeïr à leur Createur en
quelque forme qu'il luy plaiſe les trans-
former. C'a touſiours eſté de ces œuures,
touſiours de ces effects prodigieux, que

la diuine Sapience, dés le cómencement du monde, a iugé conuenable de se seruir pour attirer les hommes plus puissamment à sa crainte & à son amour, comme aussi toutes fois & quantes qu'il a esté question de leur proposer la verité de ses diuins oracles. A cette fin le pouuoir de faire des œuures miraculeuses n'a pas esté seulement concedé à l'humanité saincte de Iesus-Christ nostre Sauueur, comme organe conjoint & vny personnellement à la Diuinité, mais d'abondant il a esté communiqué à quantité de Prophetes, d'Apostres, & de saincts personnages vrais seruiteurs de Dieu, qui ont esté les instrumens de sa bonté, aussi bien que de sa puissace, & ont vsé de ce pouuoir pour le salut & pour la consolation des hommes; Mais specialement cette grande Reyne du Ciel & de la terre, souueraine Princesse des Prophetes & des Apostres, & generalement de tous les saincts & seruiteurs de Dieu, en laquelle cette vertu sublime d'operer les miracles a esté respandue auec autant plus d'abondance, qu'elle a de plus prés approché la source dont elle deriue. C'est vrayement cet-

te mere de consolation & de misericor-
de, qui a receu auec vne affluence mer-
ueilleuse le don si haut & releué d'operer
les miracles en tous les siecles, & en tous
les endroits du monde. C'est vn Ocean
tout à faict inespuisable des graces & fa-
ueurs celestes. C'est l'estoile brillante de
la mer, & le port de salut pour tous les
affligez qui ont recours à elle parmy les
flots impetueux & les orages de cette
vie. O bien-heureuse ville de Paris, qui
as choisi pour aduocate & protectrice de
tes Roys tres-Chrestiens, de leur Royau-
me, de tes murailles, & de ton peuple,
cette Vierge miraculeuse, toute-puissan-
te soubs l'adueu de son Fils, qui ne
luy refuse chose quelconque, non plus
qu'elle à ceux qui se rangent deuo-
tement soubs sa protection. Que c'est à
la bonne heure que tu luy as consacré la
premiere & principale de tes Eglises. Et
qui s'estonnera si ta felicité semble estre
inesbranlable, & triomphante des plus
puissans assauts de la fortune, puisque tu
as dans ton pourpris & en ton centre cette tour de Dauid redoutable aux efforts
de l'enfer & du monde, aux puissances

visibles & inuisibles, dont tu vois en ces
derniers temps des preuues qui ne cedent
point à celles des siecles passez, par des
miracles signalez, & singulietement l'ef-
fect miraculeux & signalé arriué le 9. du
present mois de May 1631. en ladite
Eglise de Paris, enuiron les vnze heures
du matin, deuant l'Autel de la tressaincte
Vierge, en la personne de Marie Brunet
agée de 43. ans ou enuiron, femme de
Iacques Raisin maistre Brodeur à Paris
demeurans à la porte au Peintre près la
rue S. Denys, en la Paroisse de S. Leu &
S. Gilles: laquelle apres auoir esté quatre
ans malade, & luy estant suruenüe vne
grandissime douleur qui la tenoit sur
tout le costé droict de son corps iusques à
la plante du pied, qui la rendoit percluse
l'espace de treize mois entiers, en sorte
qu'elle ne se pouuoit aucunement ayder
de ses membres, ny mesme leuer de son
lict sans assistance; Et apres auoir recher-
ché & experimenté toutes sortes de remedes humains, & delaissée qu'elle auroit esté & abandonnée des Medecins &
Chirurgiens qui l'auroient veuë en cet
estat, voyant que lesdits remedes luy
                                    estoient

estoient inutiles, elle auroit au Caresme
dernier (ne se pouuant transporter en
ladite Eglise) prié & requis deux de ses
voisines & amies de faire deux neufaines
à son intention en icelle deuant l'Autel
de la Vierge, apres lesquelles elle auroit
ressenty quelque peu de soulagement &
intermission des douleurs continuelles
qu'elle auoit, mais tousiours demeurant
percluse de ses membres, sans s'en pouuoir ayder ny porter en aucune façon,
de sorte qu'au mesme temps de Caresme dernier le feu s'estant mis au logis où
elle demeure, quelques vns des voisins
furent contraints de tirer & enleuer ladite Brunet du lict où elle estoit couchée en
sa chambre pour la porter en vne autre
chambre dudit logis ou il y auoit moins
de danger, iusques à ce que le feu fust
esteint. Et ayant pris resolution leneufies-
me iour du present mois de May de se
transporter en ladite Eglise Sainct Leu
& S. Gilles sa paroisse, pour s'y confesser
au sieur Vicaire de ladite Eglise, & com-
munier au mesme temps, elle prit deux
potences soubs ses aisselles, & se fit supporter d'vn costé par vne de ses filles

B

aagée de dixhuict ans, & de l'autre par
vne de ses voisines nommée Clemence
Chapponnet femme de Thomas le Tel-
lier, qui ayderent à la mener & conduire
en ladite Eglise de S. Leu & S. Gilles, où
estant on la fit asseoir en vne chaire auec
peine pour se confesser audit sieur Vicaire, lequel fit aussi venir vne autre chaire
pour luy, & l'entendit en confession : ce
qu'ayant fait il la communia au mesme
lieu, d'autant qu'elle ne pouuoit se met-
tre à genoux ny s'approcher de l'Autel.
Ce faict elle luy communiqua le grand
desir qu'elle auoit de se faire transporter
en l'Eglise nostre Dame de Paris, & qu'il
y auoit long temps qu'elle auoit deuotió
de s'y faire porter, n'attendant plus autre
secours, que celuy qu'elle esperoit rece-
uoir audit lieu : & l'en ayant ledit Vicaire
voulu dissuader à cause de ses grandes
incommoditez, & iugeant que cela luy
pourroit porter preiudice, luy demãdant
comme elle esperoit pouuoir s'y transporter, elle luy fit response que ce seroit
par le moyen de ses poteces & supportée
par sadite fille & ladite Clemëce, ce qu'elle executa auec beaucoup de difficulté, &

par plusieurs reprises, employant prés de
deux heures de temps pour aller depuis
ladite Eglise de S. Leu & S. Gilles iusques
à nostre Dame, où elle arriua vn peu auparauant vnze heures, & ayant esté mise
dans vne chaire deuãt l'Autel de la Vierge appellé l'Autel des Miracles, qui est
en la Nef de ladite Eglise, elle y entendit
la Messe, à la fin de laquelle luy suruint
vn sincope accompagné d'vne grande
foiblesse, & pour s'empescher de tomber
se voulant supporter de ses bras sur le siege de ladite chaire se sentit fortifiée, &
de faict se leua toute seule sur ses pieds, &
toute estonée de se voir debout s'aduan-
ça proche les balustres de la Chapelle dudit Autel, où elle s'agenoüilla sans aucun
ayde lors de la benediction de la fin de la
Messe, & se releuant elle recognut qu'elle
estoit entierement guerie; en sorte que
tous ceux qui estoient aux enuirons s'ap-
perceurent de cette guerison si soudaine-
ment arriuée, & tous ceux qui estoient en
ladite Eglise s'escrierêt & loüerent Dieu
des merueilles qu'il luy auoit pleu faire
paroistre en la personne de cette creatu-
re. Et en mesme temps Madame de

Bellejambe femme de Monsieur le Maistre Sieur de Bellejambe Maistre des Requestes ordinaire de l'Hostel du Roy, la fit aller en la maison de Monsieur le Maistre Chanoine de ladite Eglise de Paris, frere dudit Sieur de Bellejambe, où elle fut suiuie d'vne grande quantité de personnes, & dudit logis menée en la maison de Monsieur le Blanc Chanoine & Archidiacre de Brie en ladite Eglise de Paris, grand Vicaire & Official de Monseigneur l'Archeuesque de Paris, size au Cloistre de ladite Eglise, en laquelle suruindrent plus de cent personnes des voisins de ladite Brunet, lesquels sur le bruit qui courut en la ruë Sainct Denys de sadite guerison la vindrent trouuer à troupes, estonnez de la voir cheminer & marcher comme si auparauant elle n'eust point esté malade ny percluse de ses membres. Et à l'instant ledit Sieur le Blanc proceda à l'audition tant de ladite Brunet sur ce qui s'estoit passé en sa personne, que de plusieurs tesmoins dignes de foy qui auoiet cognoissance de la maladie incurable de ladite Brunet : & depuis l'Enqueste con-

tinuée par l'audition de plusieurs autres,
pour estre le tout presété à Monseigneur
l'Archeuesque de Paris, afin d'ordonner
ce qu'il iugeroit à propos, pour la plus
grande gloire de Dieu, exaltation de
l'honneur de la Vierge, & edification de
tous fideles Chrestiens & Catholiques.

Loué soit Dieu.

DECRET
D'APPROBATION

faicte par Monseigneur l'Illustrißi-
me & Reuerendißime Archeues-
que de Paris, du Miracle arriué
en l'Eglise de Paris le neufiesme
iour de May 1631. auant Midy.

EAN FRANÇOIS DE GON-
DY, par la grace de Dieu & du
S. Siege Apostolique Archeuesque de Paris, Conseiller du Roy
en ses Conseils, & Grand Mai-
stre de sa Chapelle, A tous ceux qui ces presentes lettres verront, Salut en nostre Seigneur.
Apres que nous auons veu & diligemment
examiné l'Enqueste faicte à la diligence & re-

quisition de nostre Promoteur general, par
Maistre Denys le Blanc Chanoine & Archidiacre de Brie en nostre Eglise de Paris, nostre
Vicaire general & Official, les neufiesme, trei-
ziesme, quinziesme & autres tours du present
mois de May : contenans l'audition de ladite
Marie Brunet, femme de Iacques Raisin
Maistre Brodeur demeurant à Paris, à la porte au Peintre, proche la rue S. Denys, paroif-
se S. Leu & S. Gilles, & de plusieurs tef-
moius & personnes dignes de foy, voisins de
ladite Brunet. Entr'autres Maistres André du
Sauffay Prestre Docteur en Theologie, Pre-
dicateur ordinaire du Roy, Protonotaire du
S. Siege Apostolique, & uré de l'Eglise Par-
rochiale dudit S. Leu & S. Gilles, & François
Vauasseur aussi Prestre & Vicaire de ladite
Eglise, & de quelques Medecins & Chirurgiens qui ont veu & visité ladite Brunet en sa
maladie, & recogneu la verité d'icelle, qui
estoit hors d'esperace de recouurer sa santé par
les remedes humains pendant l'espace de treize mois qu'elle ne se pouuoit ayder de ses mé-
bres, en suite d'vne grande & longue maladie
qu'elle auoit eue l'espace de quatre ans auparauant. Conclusions de nostre Promoteur, si-
gnées ROVSSEAV, auquel le tout a esté communiqué pour l'intereft public. Et apres que
nous auons confeté & fait conferer auec nos
chers & venerables freres les Doyen, Chanoines & Chapitre de nostredite Eglise de Paris,
& sur ce pris leur aduis, & de nos Vicaires ge-

neraux, de quelques Docteurs en Theologie, &
autres personnes Ecclesiastiques, ausquels ladite Enqueste & autres actes ont esté commu-
niquez. Tout consideré, apres auoir inuoqué
sur ce le sainct Nom de Dieu, N o v s auons
declaré & declarons par ces presentes, que par
ladite Enqueste & autres actes sur ce faits, il est
suffisamment verifié que le recouurement de
la santé arriué en vn instant en la personne de
ladite Brunet le neufiesme iour de ce present
mois de May en l'Eglise de Paris, enuiron les
vnze heures du matin, deuãt l'Autel de la tres-
glorieuse Vierge Marie estant dans la Nef de
ladite Eglise, est prouenu miraculeusement
d'vne grace speciale de Dieu, par l'intercession,
merites & prieres de la Vierge, à laquelle ladite Brunet s'estoit particulierement voüée. E n
recognoissance duquel Miracle, nous auons
de l'aduis desdits Sieurs Doyen & Chanoines
de nostredite Eglise, ordonné qu'il sera cele-
bré audit Autel de la Vierge Samedy prochain
trente-vniesme & dernier iour de ce mois, vne
Messe solenelle à dix heures du matin, d'action
de graces des merueilles qu'il plaist à Dieu de
continuer de temps en temps en nostredite
Eglise, à l'endroit des personnes qui ont vne
vraye foy & confiance en sa diuine Bonté, par
le secours & intercession de la tres-glorieuse
Vierge. Et afin que ce Miracle soit notoire &
public à vn chacun, nous auons permis ces
presentes estre publiées en cette ville & Dioce-
se de Paris, & par tout ailleurs qu'il appartien-

dra : mesme qu'il en soit mis autant és Archi-
ues & Registres de nostre Archeuesché, & du
Chapitre de nostredite Eglise, pour seruir de
perpetuelle memoire à la posterité, pour la plus
grande gloire de Dieu. En tesmoignage de
quoy nous auons signé ces presentes, & icelles
faict contresigner par nostre Secretaire, & à
icelles faict apposer le seel ordinaire de nostre
Chambre. A Paris en nostre Palais Archiepis-
copal le vingt-sixiesme iour de May l'an de
grace mil six cens trente-vn.

Ainsi signé, I. FRANÇOIS DE GONDY
Archeuesque de Paris. Et plus bas, Par le
commandement de mondit Seigneur l'Archeuesque, BAVDOVYN. Et scellé en placart
de cire rouge.

www.ingramcontent.com/pod-product-compliance
Lightning Source LLC
Chambersburg PA
CBHW061639180626
46818CB00005B/2430